हवलदार बहादुर
और
जाली नोटों के व्यापारी
चित्रांकन : बेदी
लेखक : विनय प्रभाकर
एक सुबह–
हवलदार बहादुर !
ट्रिन... ट्रिन...
सिपाही रतनसिंह भीतर प्रविष्ट हुआ।
सर ! हवलदार तो अभी आया नहीं है।
नहीं आया। अब तो उसने मोपेड खरीद ली है, फिरभी ड्यूटी पर लेट आता है ?
उसे ड्यूटी की परवाह ही कहां है साहब। बस, अपनी मोपेड पर घूमता फिरता है।
आने दो उसे, आज उसकी सारी हवलदारी निकाल कर रख दूंगा। तुम जरा रिकॉर्डरूम से जाली नोटों के केस की फाइल लेकर आओ।
कुछ देर बाद खड़गसिंह फाइल पढ़ने में व्यस्त था कि पुलिस के एक मुखबिर का फोन आ गया।
साहब! हिम्मतपुरी के चौराहे पर जाली नोटों के दो व्यापारी अब से एक घंटे बाद मिलेंगे। एक व्यक्ति काला ओवरकोट पहने होगा और चेहरे पर लम्बी दाढ़ी होगी। वह दूसरे व्यक्ति को जाली नोटों से भरा बैग देगा।
खबर पक्की है ना?
बिल्कुल पक्की है साहब, अगर आप वहां सादे लिबास में पुलिस के आदमियों को लगा दें तो अपराधियों को रंगे हाथों पकड़ सकते हैं।
आधे घण्टे बाद इंस्पेक्टर खड़गसिंह अपने कुछ आदमियों के साथ सादे लिबास व बदले हुए रूप में हिम्मत पुरी पहुंच गया।

उधर हवलदार बहादुर अपनी मोपेड पर तेजी से थाने की ओर जा रहा था।
आज फिर लेट हो गया हूं, खड़गसिंह देखते ही काटखाने को दौड़ेगा।
पिट... पुट फटाक
तभी–
रुकिए... प्लीज!
ओह! यह अप्सरा तो मुझे ही इशारा कर रही है।
क्या बात है जी। ही...ही...ही!
हवलदार जी, मैं एक दफ्तर में नौकरी के लिए इण्टरव्यू देने जा रही हूं। दो बदमाश मेरे पीछे लग गये हैं। आप मेरी मदद कीजिए, प्लीज!
बदमाश! कहां हैं वह? हवालात में बंद करके सड़ा डालूंगा सालों को।
शायद आपको देखकर कहीं छुप गये हैं। मुझे बहुत देर हो गई है हवलदार जी। प्लीज, आप मुझे लिफ्ट दे दीजिए।
इतनी सुन्दर लड़की को अपनी मोपेड पर बिठाने के विचार से हवलदार की बाछें खिल गईं।
ही...ही...ही! जरूर-जरूर। पब्लिक की सेवा करना तो हमारा काम है। बैठ जाओ पीछे।
थैंक्यू... यू आर सो स्वीट।
अब मोपेड दौड़ाते हुए हवलदार खुद को सलमान खान से कम नहीं समझ रहा था।
हवा में उड़ता जाए तेरा लाल दुपट्टा मल-मल का...।
पूरा नमूना है. ही... ही... ही!

हवलदार बहादुर का पड़ोसी शंकरलाल उसी सड़क से गुजर रहा था।
आंय! यह तो अपना हवलदार बहादुर है। छोकरी को कहां उड़ाए लिए जा रहा है? तो बच्चू तुम इन चक्करों में भी हो। अभी जाकर चम्पाकली भाभी को खबर देता हूं।
हवलदार ने लड़की को उसके दफ्तर के सामने उतारा।
और कोई सेवा जी? कहें तो वापसी पर लेने के लिए भी आ जाऊं? ही... ही... ही!
इसकी जरूरत नहीं है हवलदार जी। आपका बहुत-बहुत धन्यवाद।
लड़की को लिफ्ट देने के चक्कर मे हवलदार बहादुर कुल मिलाकर पूरा एक घण्टे देर से थाने पहुंचे।
हवलदार बहादुर आ गया।
हवा में उड़ता जाए...।
क्या बात है? आज बहुत खुश नजर आ रहे हो?
तुझे क्या मतलब? चल, रास्ता छोड़।
मैं तो यह बता रहा था कि इंस्पेक्टर साहब तुम्हें तीन बार पूछ चुके हैं। बहुत गुस्से में थे।
अच्छा! क्या कह रहे थे?
वह कह रहे थे कि आज तुम्हारी सारी हवलदारी निकालकर हाथ में दे देंगे।
ओह! कहां हैं साहब?

कुछ अपराधियों को पकड़ने हिम्मतपुरी चौक गये हैं।
हिम्मतपुरी चौक? शायद मुझे भी साथ ले जाना चाहते होंगे, इसीलिए पूछ रहे थे। अब उनका गुस्सा उतारने का एक ही तरीका है।
अगले पल-
अरे, कहां जा रहे हो?
हिम्मतपुरी चौक। साहब को मेरी मदद चाहिए होगी।
चौक पर इंस्पेक्टर खड्गसिंह अपराधियों की प्रतीक्षा में था।
एक घण्टा तो हो गया, अभी तक काले कोट वाला नहीं आया। कहीं मुखबिर की खबर गलत तो नहीं है।
तभी सिविल ड्रेस में एक कांस्टेबल खड्गसिंह के निकट पहुंचा।
साहब, आप कहें तो मैं मार्केट का एक चक्कर लगा आऊं। हो सकता है, वह लोग इधर न आएं।
नहीं। मुखबिर ने यही जगह बताई थी।
तभी-
अरे देखो, उस गाड़ी से काले कोट वाला उतर रहा है।
अरे हां।
वह सड़क पार करके इधर ही आ रहा है। तैयार हो जाओ।

तभी—
पुट... पुट... फटाक
अरे! यह हवलदार बहादुर कहां से आ गया?
और वर्दी में है। अपराधी होशियार न हो जाए।
काले कोट वाले ने हवलदार को अपनी ओर आते देखा तो पलटकर वापस गाड़ी की ओर भागा।
रोको उसे।
सिपाही भी खड़गसिंह के पीछे भागा।
पकड़ो... पकड़ो!
आंय! वह पठान शायद कुछ गड़बड़ करके भाग रहा है।
और—
भागता कहां है साले?
धाड़
उफ!

हवलदार बहादुर पूरे जोश में था।
हवालात में बंद करके सड़ा दूंगा साले...।
होश में आओ हवलदार!
इतनी देर में काले कोट वाला अपनी गाड़ी में बैठकर फरार हो चुका था। पुलिस वाले कुछ दूर गाड़ी के पीछे दौड़े, मगर कर कुछ नहीं पाए।
हवलदार बहादुर ने खड़गसिंह की आवाज पहचान ली थी।
अरे! ही-ही-ही! साहब, आप पठान क्यों बन गये?
अबे छोड़ता है या नहीं?
उठिए साहब... ही-ही-ही! मैंने तो आपको चोर समझकर ठोंका था। चोट तो नहीं लगी? ही-ही-ही!
गधा...पागल... उल्लू का पट्ठा।
लगता है, सिर पर चोट आई है। दिमाग घूम गया है साहब आपका। ही-ही-ही!
शटअप! यू इडियट, तुम्हारी वजह से अपराधी हाथ से निकल गया। तुम यहां क्यों आए?
मैं तो आपकी मदद करने आया था। रतन-सिंह ने बताया कि आप अपराधियों को पकड़ने यहां आए हैं। बस, मैं भी चला आया। मगर आप पठान क्यों बने, यह तो बता दीजिए। ही-ही-ही! बहुत मजाकिया हैं आप। ही-ही-ही!
बकवास बंद करो...आह! मेरा घुटना...।

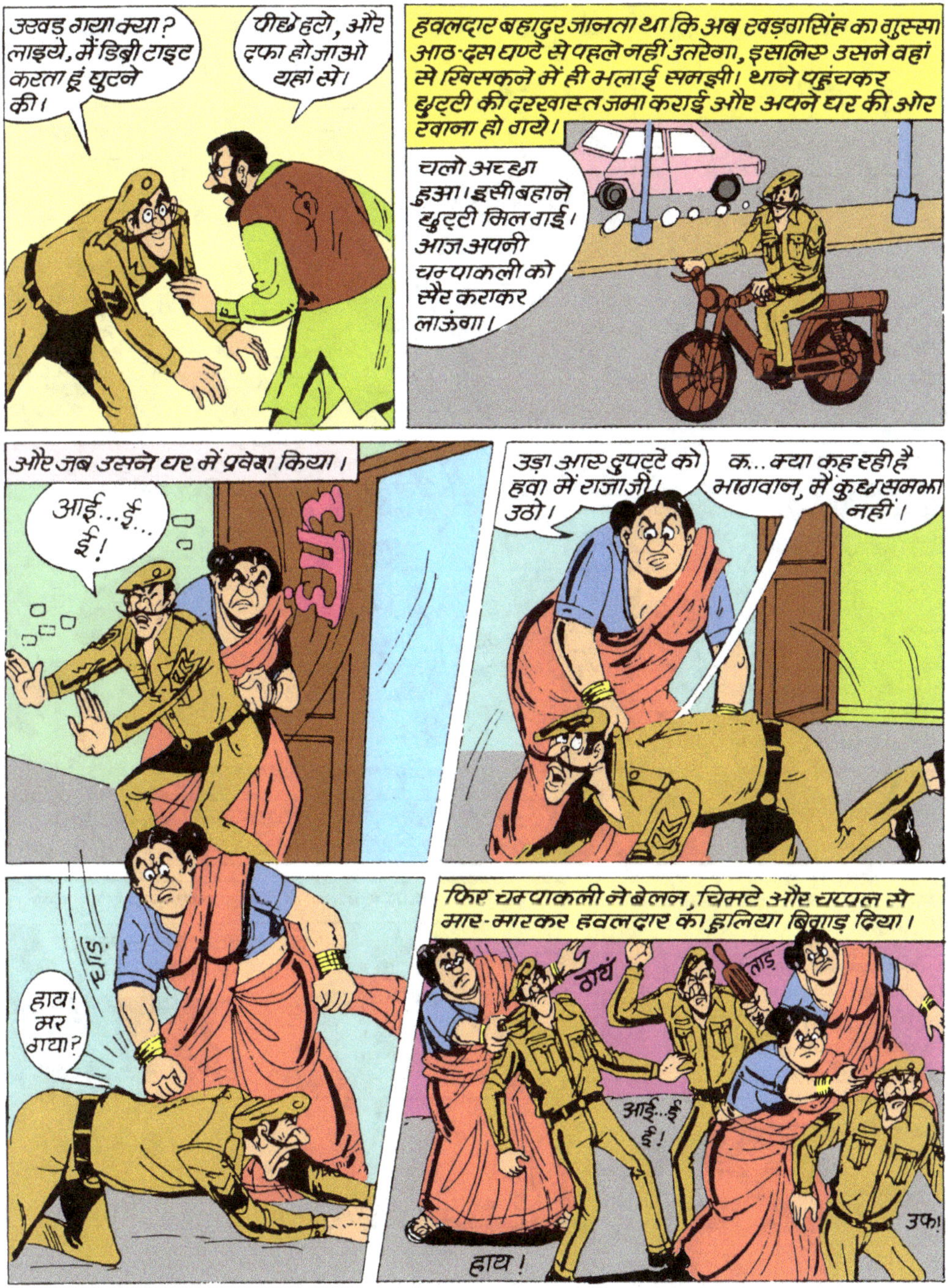
उखड़ गया क्या? लाइये, मैं डिब्बी टाइट करता हूं घुटने की।
पीछे हटो, और दफा हो जाओ यहां से।
हवलदार बहादुर जानता था कि अब खड़गसिंह का गुस्सा आठ-दस घण्टे से पहले नहीं उतरेगा, इसलिए उसने वहां से खिसकने में ही भलाई समझी। थाने पहुंचकर छुट्टी की दरखास्त जमा कराई और अपने घर की ओर रवाना हो गये।
चलो अच्छा हुआ। इसी बहाने छुट्टी मिल गई। आज अपनी चम्पाकली को सैर कराकर लाऊंगा।
और जब उसने घर में प्रवेश किया।
आई... ई... ई!
उड़ा आए दुपट्टे को हवा में राजाजी। उठो।
क... क्या कह रही है भागवान, मैं कुछ समझा नहीं।
धड़
हाय! मर गया?
फिर चम्पाकली ने बेलन, चिमटे और चप्पल से मार-मारकर हवलदार का हुलिया बिगाड़ दिया।
ठायं
ताड़
आई... ई... ई!
हाय!
उफ!

पिटते-पिटते हवलदार बहादुर की हालत खस्ता हो गई थी।
बू...हू...हू...यह क्या कर दिया?
आमिर खान बना दिया है तुम्हें। अब घूमोगे छोकरियों के साथ?
क्या बकवास करती है? पुलिस की वर्दी फाड़ डाली, हवालात में बंद करके सड़ा दूंगा तुझे।
आंखें निकालोगे तो तुम्हारे दीदे फोड़ दूंगी। बताओ, वह छोकरी कौन थी?
क...कौन-सी टोकरी?
टोकरी नहीं, छोकरी की बात कर रही हूं, जिसे तुम अपनी फटफटिया पर बिठाकर घुमाते फिर रहे थे?
ओह! वह छोकरी?
और तब हवलदार ने उसे समझाया कि लड़की को उसने किस स्थिति में लिफ्ट दी थी।
मगर चम्पाकली का गुस्सा अभी भी नहीं उतरा था। उसे खुश करने के लिए हवलदार ने तुक्का भिड़ाया।
रानी, मैं तो तेरे लिए छुट्टी लेकर आया था। सोचा था कि दोनों आज कहीं घूम-फिर आयेंगे, लेकिन तूने तो घर में घुसते ही मेरा धतूरा बना दिया है। अब क्या खाक घूमने जायेंगे।
अगर छुट्टी लेकर आए हो तो जरूर घूमने चलेंगे।

उधर पुलिस स्टेशन में खड़गासिंह के लिए दोबारा उसी मुखबिर का फोन आया।
क्या हुआ साहब, अपराधी आपके हाथ से कैसे बच गया?
हमारे एक हवलदार ने गड़बड़ कर दी। आगे के लिए कोई सूचना दो।
तो सुनिए, वही काले कोट वाला आज शाम चार बजे मेट्रो सिनेमा के सामने बने नवरंग रेस्टोरेंट में किसी से मिलने आएगा। उसके पास जाली नोटों से भरा बैग भी होगा।
ठीक है। इस बार वह मेरे हाथों से नहीं बच सकेगा।
पौने चार बजे खड़गासिंह नया रूप बनाकर नवरंग रेस्टोरेंट पहुंच गया।
उधर कोने वाली मेज पर बैठता हूं।
मेज पर जमने के बाद उसने चाय का ऑर्डर दिया, फिर अपनी घड़ी की ओर देखा।
अभी उस के आने में पन्द्रह मिनट हैं।
लेकिन पन्द्रह मिनट से पहले ही वह चौंक पड़ा।
ओह! यह मुसीबत यहां भी पहुंच गई।
खड़गासिंह का दुर्भाग्य तो देखिए, हवलदार बहादुर अपनी चम्पाकली को सैर कराने के बाद वहां चाय पीने आ पहुंचा था।
यहां तो बहुत भीड़ है जी। कहां बैठेंगे?
यही देख रहा हूं।

खाली मेज की तलाश करते हुए हवलदार की नजरें खड़गसिंह पर पड़ीं।
अगर उसने मुझे पहचान लिया तो सारा गुड़ गोबर करके रख देगा।
उस बंदे का चेहरा कुछ जाना पहचाना है।
यह ऊंट की तरह गर्दन क्या घुमा रहे हो? वह मेज खाली तो है।
आं... हां... चलो न।
खड़गसिंह ने अखबार की ओट से झांककर देखा।
शुक्र है! उसने मुझे नहीं पहचाना, लेकिन उसका यहां रहना मेरे लिए मुसीबत है।
तभी हवलदार ने गर्दन घुमाकर उसकी ओर देखा।
ओह!
कमाल है! वह बंदा मुझे अखबार के पीछे से छुपकर देख रहा था।
चलो न।
च...चल तो रहा हूं।
बैठने के बाद हवलदार ने फिर मुड़कर देखा।
वह बंदा मुझसे अपना चेहरा छुपा रहा है।
तुम बार-बार उधर क्या देख रहे हो?

चम्पाकली, कोने वाली मेज़ पर जो आदमी अखबार मुंह के सामने करके बैठा है, वह मुझे कोई अपराधी लगता है।
पगला गए हो तुम, अखबार पढ़ना भला कौन-सा अपराध है?
घसियारन है तू। वह अखबार नहीं पढ़ रहा, बल्कि उससे मुंह छुपा रहा है। शायद वह जानता है कि मैं पुलिस हवलदार हूं।
तो फिर अब तुम क्या करोगे जी?
साले को पकड़कर हवालात में बन्द करके सड़ा दूंगा। तू यहीं बैठ, मैं जरा उससे निपट कर आता हूं।
सुनो तो...।
मगर हवलदार तो खड़गसिंह की मेज की ओर बढ़ चुका था।
मर गये! वह तो इधर ही आ रहा है।
निकट पहुंचकर हवलदार बहादुर ने किसी जासूस सम्राट् की तरह सीटी बजाते हुए मेज के चारों तरफ चक्कर लगाया...
उल्लू का पट्ठा!
...फिर अचानक खड़गसिंह के सामने कुर्सी पर बैठ गया।
क्या मैं अखबार देख सकता हूं। ही...ही...ही!
गुर्र... गुर्र...!

अखबार पर एक नजर डालने के बाद उसने खड़गसिंह की आंखों में आंखें डालीं।
आपका चेहरा कुछ जाना-पहचाना सा लगता है, क्या हम पहले कहीं मिले हैं।
अगर मैं बोला तो यह मेरी आवाज पहचान लेगा।
खड़गसिंह ने कोई उत्तर नहीं दिया था।
अरे भाई, कुछ जवाब तो दो। मैं तुझसे ही पूछ रहा हूं।
बोलूंगा तो तेरी हवा खराब हो जाएगी साले।
खड़गसिंह ने 'ना' कहने के अंदाज में जोर से गर्दन हिलाई।
मुण्डी में दर्द है क्या? अबे कुछ मुंह से बोल ना। नाम क्या है तेरा?
रामसिंह।
खड़गसिंह ने विवश होकर बदले हुए स्वर में उत्तर दिया था।
तो भइया रामसिंह, तुम मुझे देखकर अखबार के पीछे क्यों छुप गये थे? क्या तुम जानते हो, मैं कौन हूं?
नहीं। और अब तुम यहां से जाओ। मुझे फालतू बात करने की आदत नहीं है।
फालतू बात। मेरे को फालतू बोलता है। अबे, मैं पुलिस हवलदार हूं। हवालात में बंद करके सड़ा दूंगा तुझे।
चिल्लाओ मत।
मेरे को डांटता है। यह ले।
ढिशुम
उफ!

हवलदार ने छलांग लगाई और दिन में दूसरी बार खड़गसिंह की छाती पर सवार हो गये।
साले, गेटिस वाली पतलून पहनता है और पुलिस से पंगा लेता है। नकेल डाल दूंगा नाक में।
छोड़ दे...।
सारे ग्राहक उठकर उनके गिर्द एकत्र हो चुके थे। मुसीबत से छुटकारा पाने के लिए खड़गसिंह अपनी असली आवाज में चिल्लाया।
हवलदार... छोड़ दो।
नहीं साहब! यह कोई छंटा हुआ अपराधी है... अरे!
फिर हवलदार चौंका।
अबे, तू मेरे साहब की आवाज में बोला। चार सौ बीसी करता है मुझसे। अब नहीं छोड़ूंगा।
हवलदार बहादुर, यह मैं हूं, इंसपेक्टर खड़्गसिंह।
अच्छा, जरा दिखा तो।
अरे हां, ही...ही...ही...।
फिर वह उछल कर खड़ा हो गया।
म... माफ कीजिए सर! आज दूसरी बार ठोक दिया आपको। ही...ही... ही! हे...हे...हे...।
शटअप!
म...मुझे क्यों डांट रहे हैं साहब? गलती तो आपकी है। कभी पठान बन जाते हैं और कभी...।
अबे गधे, मैं यहां भी एक अपराधी को पकड़ने आया था, मगर तूने...।

तभी–
क्या हुआ जी? पकड़ लिया अपराधी को?
ही...ही...ही! यह अपराधी नहीं, अपने इंस्पेक्टर साहब हैं।
अरे हां, यह तो अपने इंस्पेक्टर हैं। साहब, आपने क्या नौटंकी में नौकरी कर ली है?
हा-हा-हा!
चुप रहो।
साहब, आपको मेरी पत्नी को डांटने का अधिकार नहीं है। यह पुलिस में नौकरी नहीं करती है। और अगर मैंने अभी इसका पट्टा खोल दिया ना तो यह आपको थाने तक दौड़ाकर आएगी।
दौड़ाऊंगा तो मैं तुम्हें हवलदार। आज दो बार तुमने बदतमीजी की है मेरे साथ। अब तो मेरा यहां रुकना ही बेकार है।
खड़गासिंह के बाहर जाने के बाद–
तुम भी घर चलो, सबके सामने मेरा पट्टा खोलने की बात कह रहे थे। क्या मैं कुतिया हूं?
अरे... छ...छोड़ दे।
खड़गासिंह वहां से सीधा कमिश्नर साहब के पास पहुंचा और उन्हें सारी घटनाएं सुनाने के बाद हाथ जोड़ दिए।
सर! मुझे उस हवलदार से मुक्ति दिला दीजिए, अब मैं उसे और सहन नहीं कर सकता।
तुम इस समय क्रोध में ऐसा कह रहे हो इंस्पेक्टर, वरना तुम जानते हो कि वह बड़े काम की चीज है।
आई एम सॉरी सर! लेकिन मैं उस काम की चीज के साथ जाली नोटों वाले केस पर काम नहीं करूंगा। वह दो बार मेरी मेहनत पर पानी फेर चुका है।
तो उसे किसी दूसरे केस पर लगा दो।

अब तो वह मेरा आदेश भी अनसुना करने लगा है सर! मैं भेजता कहीं हूं और पहुंच कहीं जाता है।
अच्छा। उसे मेरे पास भेजना। मेरा वह कुत्ता थान, जो पहले भी एक बार खो गया था, आज सुबह से फिर गायब है। मैं हवलदार को उसकी तलाश पर लगा दूंगा।
अगली सुबह हवलदार ड्यूटी पर पहुंचा तो एक कांस्टे-बल ने संदेश दिया।
हवलदार जी, इंस्पेक्टर साहब आपको बुला रहे हैं।
कल की खुंदक निकालेगा साला!
अच्छा।
ऑफिस मे पहुंचकर उसने सैल्यूट दिया, फिर
सर! ही... ही... ही...!
इस तरह हंस क्यों रहे हो? दांत बंद करो अपने।
ज... जी... साहब! दरअसल मुझे कल की घटनाएं याद आ गई थीं। वैसे अब आपकी चोटें कैसी हैं? ही... ही... ही!
हंसना बंद करो हवलदार, वरना...!
क... कर दिया साहब। क्यों बुलाया है आपने मुझे?
कमिश्नर साहब के पास भेजना है तुम्हें, तुरन्त उनके दफ्तर चले जाओ।

पुलिस हैडक्वार्टर की ओर जाते हुए हवलदार सोच रहा था।
कलमुंहे खड्गसिंह ने अवश्य ही मेरी शिकायत की होगी, तभी तो बुलाया है कमिश्नर ने। लगता है, सस्पेंड कर दिया जाऊंगा।
कमिश्नर साहब को सैल्यूट देने के साथ ही हवलदार शुरू हो गया।
सर! मेरी कोई गलती नहीं है। इंस्पेक्टर साहब खुद ही वेश बदल-बदलकर मुझसे उलझ रहे थे। मैंने दोनों बार उन्हें जान बूझकर नहीं ठोका। बस धोखे से मार बैठा। मेरी कोई गलती नहीं है साहब। मुझे सस्पेंड मत कीजिए साहब।
तुम बेकार ही परेशान हो रहे हो हवलदार। मैंने तुम्हें सस्पेंड करने के लिए नहीं बुलाया है।
फिर क्यों बुलाया है सर?
मेरा एक निजी काम है। तुम्हें मेरा वह कुत्ता तो याद होगा, जो एक बार खो गया था?
भला आपके कुत्ते को कैसे भूल सकता हूं सर? वह सफेद रंग के बालों वाला कुत्ता है। लगभग एक फुट ऊंचा और दो फुट लम्बा। उसका नाम शायद...?
जैरी है। और वह कल से लापता है। मैं चाहता हूं कि तुम उसे तलाश कर दो।
ठीक है साहब! मैं जैरी को तलाश कर लूंगा। आप जरा इंस्पेक्टर खड्गसिंह को समझा दीजिए कि...।
इंस्पेक्टर तुम्हें कुछ नहीं कहेगा, अब तुम जाओ।

और संयोग देखिए कि हैडक्वार्टर से बाहर आने के कुछ ही देर बाद हवलदार बहादुर को एक सफेद कुत्ता नजर आ गया। उस समय उसकी मोपेड एक रेड लाइट पर रुकी हुई थी।
अरे! उस कार में सफेद कुत्ता है। चैक करना चाहिए।
तभी ग्रीन लाइट हो गई और वह कार चल पड़ी।
ए, रोको... ठहर जाओ।
मगर ट्रैफिक के शोर में उसकी आवाज कार तक नहीं पहुंच पाई थी।
पीछा करना होगा। मेरे पुकारने पर भी उस औरत ने गाड़ी नहीं रोकी। जरूर वह कुत्ता जैरी ही है।
और हवलदार बहादुर ने अपनी मोपेड कार के पीछे दौड़ा दी।
कार बहुत तेज जा रही थी। हवलदार बहादुर भी जेम्स बाण्ड स्टाइल में अपनी फटफटी दौड़ा रहा था।
नहीं छोडूंगा।
कार एक लेन में मुड़ गई तो हवलदार बहादुर ने भी अपनी मोपेड मोड़ी।

और—
ओये!
धाड़
ओह!
हवालात में बंद करके सड़ा दूंगा साले। पुलिस के रास्ते में ठेला दे दिया। गुर्र...!
मगर साहब, टक्कर तो आपने मारी है।
हां हवलदार जी, गलती तो आपकी है। आप बहुत तेज जा रहे थे।
हम एक चोर का पीछा कर रहे थे मूर्ख। हटो, फटफटी उठाने दो।
मोपेड उठाकर उन्होंने फिर दौड़ा दी।
हवलदार का बच्चा! वर्दी में न होता तो साले की बत्तीसी निकालकर मूंछों में लटका देता।
अब वह कार कहीं नजर नहीं आ रही थी।
टक्कर न होती तो अवश्य पकड़ लेता, पर अब क्या करूं। पता नहीं किधर गई होगी?

कुछ आगे जाकर अचानक उसे वह कार नजर आ गई।
अरे! वह रही।
हवलदार बहादुर ने जोर से अपनी मोपेड का एक्सीलेटर घुमाया...
...और तीर की तरह कार के निकट जा पहुंचा, मगर जब मोपेड रोकनी चाही तो पता चला कि ब्रेक फेल हो चुके थे। और अगले पल—
धाड़
ओह!
यू इडियट...!
ऐ...!
लेकिन महिला का कुत्ता कुछ ज्यादा ही क्रोध में था। उसने मालकिन से जंजीर छुड़ाकर छलांग लगाई और—
वुफ...गुर्र...गुर्र...
जब तक महिला निकट पहुंचकर कुत्ते को काबू करती, कुत्ता अपना काम कर चुका था।
रोनी... रोनी।
गुर्र गुर्र
बचाओ!

कुत्ते के हटते ही हवलदार उछलकर उठ खड़ा हुआ।
नहीं छोड़ूंगा, हवालात में बंद करके सड़ा दूंगा।
होश में आओ हवलदार! तुमने मेरी गाड़ी को टक्कर क्यों मारी?
तुम कुत्ता चुराकर भाग रही थी, इसलिए।
व्हाट नानसेंस! मुझे चोर कहते हो, जानते हो मैं कौन हूं?
चोर हो। यह कुत्ता चुराया है तुमने।
हवलदार जी। आप गलती कर रहे हैं। श्रीमती जी गृहमंत्री की साली हैं।
साली!
गाली मत दो हवलदार। मैं तुम्हें नौकरी से निकलवा सकती हूं।
हवलदार बहादुर धमकी सुनकर एकदम फ्लैट हो गया।
गाली नहीं दी जी। मैंने तो आपको पहचाना है। आप तो मंत्री जी की... ही...ही...ही... मंत्री जी की साली हैं। मुझसे भूल हो गई, माफ कर दीजिए।
अब आए न रास्ते पर। मेरी गाड़ी का जो नुकसान हुआ है, उसका क्या होगा?

उसमें मेरा कसूर नहीं है जी। फटफटी के ब्रेक फेल हो गये थे। फिर भी मेरे पास पचास रुपये है, वह आप ले सकती हैं।
मुझे नहीं चाहिए। वैसे तुम्हारी गलती की सज़ा तो तुम्हें रोनी ने दे ही दी है। अब जाओ यहां से।
और महिला अपने कुत्ते की जंजीर थामे ब्यूटी पार्लर के भीतर चली गई।
हवलदार ने अपनी मोपेड उठाई।
सत्यानाश! यह पहिए को क्या हो गया? अब गाड़ी कैसे चलेगी?
रिक्शा बुला लो हवलदार जी।
मोपेड को रिक्शा पर लादकर हवलदार बहादुर अपने मौहल्ले में पहुंचे तो बच्चों ने उन्हें हाथों-हाथ लिया।
चक्के पे चक्का... चक्के पर गाड़ी... गाड़ी में निकली मुच्छड़ की सवारी।
चुप... हवालात में बंद कर दूंगा सबको।
अगले दिन हवलदार बहादुर फिर कुत्ते की तलाश में निकला। आज उसने वर्दी नहीं पहनी थी, बल्कि अपना इकलौता थ्री पीस सूट पहना था।
कुत्ते चुराने वाले चोरी के कुत्ते को तुरंत ही बड़े लोगों के हाथ बेच देते हैं। जेरी की तलाश कोठी-बंगलों से शुरू करनी चाहिए।
मनोज कॉमिक्स यहीं से खरीदें
कुछ देर बाद वह एक पॉश कॉलोनी की कोठियों में झांकते फिर रहे थे।
भइया, यहां कोई सफेद कुत्ता तो नहीं है?
यहां तो काला कुत्ता भी नहीं है जी।

दूसरी कोठी के फाटक पर –
यहां भी कुत्ता दिखाई नहीं दे रहा है?
क्यों भाई, क्या देख रहे हो इस तरह?
सफेद कुत्ता।
झापड़ मारकर थोबड़ा नीला कर दूंगा तेरा। इसे क्या चिड़ियाघर समझा है?
बदतमीज कहीं का। कभी थाने के आस-पास मिल गया तो हवालात में बंद करके सड़ा दूंगा साले को।
दोपहर तक उसने क्षेत्र की सभी कोठियों में झांक कर देख लिया था, मगर सफेद कुत्ता कहीं दिखाई नहीं दिया था। और जब वह निकट की एक मार्केट से गुजर रहा था तो–
ओह! सफेद कुत्ता।
जैरी... पुच ... पुच!
GHATA SHOE Co.
ICE CREME
कुत्ते ने उन्हें अपनी ओर आते देखा तो फुटपाथ पर दौड़ पड़ा।

ओये जैरी... अबे, रुक तो... ओह!
धड़ाड़
अबे अंधा है क्या? मेरे अण्डे तोड़ दिए।
तेरे अण्डे...ही... ही...ही! तू मुर्गी है क्या?
तेरी तो...।
हवलदार बहादुर ने झुकाई देकर स्वयं को बचाया और कुत्ते के पीछे दौड़ लिये।
कुत्ता दौड़ते-दौड़ते एक दुकान में घुस गया।
शादी कार्ड
हवलदार बहादुर भी दुकान के सामने पहुंचे।
O.K. PRINTERS
ओ. के. प्रिण्टर्स! कुत्ता यहां क्या छपवाने गया होगा?
MOTE DI HATTI
हमारे यहां शादी कार्ड ग्रीटिंग कार्ड बाजार से सस्ते मिलते हैं!

फिर उसने दुकान में झांका।
कुत्ता तो यहां नहीं है ?
यस!
आहट सुनकर दुकानदार ने उसकी ओर देखते हुए पूछा था।
हवलदार बहादुर की समझ में ही नहीं आया कि क्या कहे। तब दुकानदार ने दोबारा पूछा।
मे आई हैल्प यू सर ?
इसे तो अब अंग्रेजी में ही जवाब देना चाहिए।
हवलदार कहना चाहता था कि वह सफेद कुत्ते को ढूंढ़ रहा है, लेकिन इस बात को उसने अंग्रेजी में इस तरह कहा—
आई एम व्हाइट डॉग।ही... ही...ही !
ओह!
दुकानदार पर उनकी बात सुनकर जो प्रतिक्रिया हुई, उससे हवलदार बहादुर हैरान रह गया।
ओह! आप हैं सर। मैं तो आपकी ही प्रतीक्षा कर रहा था। आइये, भीतर आइये। प्लीज!
म... मेरी प्रतीक्षा ?
जी हां। बॉस का फोन आया था कि वह एक नई पार्टी भेज रहे हैं। आप अंदर तो आइये।
यह बंदा बावला है क्या?

हवलदार बहादुर को उसने दुकान के भीतर सम्मान-पूर्वक बिठाया।
पहले कुछ पियेंगे, या माल देखेंगे?
माल...!
हवलदार बहादुर के मुख से 'माल' शब्द आश्चर्यवश निकला था, जबकि दुकानदार ने समझा कि वह माल देखने को कह रहा है।
तो फिर आइए, तहखाने में चलते हैं।
क्या चक्कर है यह? कहीं मैं किसी मुश्किल में न फंस जाऊं?
आइए न।
अ... आता हूं।
हवलदार बहादुर ने तुरन्त खतरा मोल लेने का मन बना लिया और तहखाने में उतर गया।
सीढ़ियों के नीचे एक कमरा था, जहां कुछ लोग बैठे कार्ड डिज़ाइनिंग का काम कर रहे थे। एक कोने में वही काले कोट वाला भी बैठा था, जिसे पकड़ने में इंस्पेक्टर खड़गसिंह हवलदार बहादुर के कारण दो बार असफल हो चुका था।
बांके... जरा इधर आओ।
कार्ड बन रहे हैं।

जी साहब!
बांके। यह व्हाइट डॉग है। माल खरीदना चाहते हैं, मगर पहले हमारा प्रोडक्शन वर्क देखना चाहते हैं। इन्हें माल भी दिखा दो और अपनी प्रेस भी। मैं ऊपर जा रहा हूं।
आइये साहब!
देखना चाहिए, यह लोग किस माल की बात कर रहे हैं?
दूसरी ओर एक बड़े हॉल में आधुनिक प्रिंटिंग मशीनें लगी थीं, जिन पर जाली नोट छापने का काम चल रहा था।
नोट...!
जी हां, हमारा माल यहीं छपता है।
हवलदार बहादुर अक्ल से पैदल जरूर था, मगर इतना तो वह जानता ही था कि नोट सिर्फ सरकारी टकसाल में छापे जाते हैं।
यह देखिए।
हे भगवान! यहां जाली नोट छापे जा रहे हैं। यानी मैं सफेद कुत्ते के चक्कर में अपराधियों के अड्डे पर पहुंच गया हूं। अब समझ में आया, 'व्हाइट डॉग' इन लोगों का आपस में पहचान के लिए कोडवर्ड है।
ये तो सौ-सौ के हैं।
हां। हम छोटे नोट नहीं छापते। आपको कितना माल चाहिए।

हवलदार ने चालाकी दिखाते हुए पूछा।
कितना मिल सकता है?
दस लाख तो अभी मिल जाएगा, इससे ज्यादा चाहिए तो शाम तक रुकना होगा। रेट तो आपको बॉस ने बता ही दिये होंगे। दस लाख के चार लाख असली।
रेट तो मुझे मंजूर है, मगर इस वक्त मैं सिर्फ माल देखने आया था। क्या मैं इसमें से एक नोट ले सकता हूं?
आप पूरी गड्डी ले जाइये। आखिर आप हमारे ग्राहक बनने वाले हैं।
हवलदार बहादुर ने नोटों की गड्डी जेब में रखी और ऊपर दुकान में आ गया।
ओह! सफेद कुत्ता! मगर अब यह भाड़ में जाए।
आइये... आइये...।
ही-ही-ही। दिल खुश हो गया आपका माल देखकर। शाम को मैं पूरी पेमेन्ट लेकर माल खरीदने आता हूं।
यू आर मोस्ट वैलकम।
दुकान से बाहर निकलते ही हवलदार लपककर एक ऑटोरिक्शा में चढ़ गया।
पुलिस हैडक्वार्टर चलो... जल्दी।
जी साहब।

पुलिस हैडक्वार्टर पहुंचकर वह कमिश्नर साहब के कमरे में आंधी-तूफान की तरह घुसा था।
सर! वह व्हाइट डॉग...।
वह तो मिल गया हवलदार। आज सुबह वह खुद ही वापस आ गया है।
तो फिर मैं किसी को क्यों बताऊं कि कुत्ते के कारण मैं कहां जा पहुंचा हूं।
अच्छा हुआ सर, लेकिन इस वक्त मैं आपको कुछ दिखाने आया हूं।
क्या दिखाना चाहते हो?
अरे! यह तो जाली नोट हैं। कहां से मिले तुम्हें?
मिले नहीं सर, मैंने ढूंढे हैं। मैं यह भी जानता हूं कि यह जाली नोट कहां छप रहे हैं।
तुम सच कह रहे हो?
यस सर। मैंने बड़ी मेहनत से जाली नोट छापने वालों का पता लगाया है। इंस्पेक्टर खड़गसिंह तो मेरी बात का विश्वास करते नहीं, इसलिए आपके पास आया हूं, अगर तुरन्त बदमाशों के अड्डे पर रेड कर दी जाए तो सब रंगे हाथों पकड़े जायेंगे।
कमिश्नर साहब तुरन्त ही पुलिस दल लेकर हवलदार के साथ रवाना हो गये।
अगर तुम्हारी बात सच निकली तो इस बार तुम्हें बड़ा तगड़ा इनाम मिलेगा हवलदार।
पीं...पीं
जी धन्यवाद!
पीं

खड़गसिंह को भी रेड की सूचना भेजी जा चुकी थी। वह भी अपने दल के साथ आ पहुंचा था।
O.K. PRINTER
हवलदार को देखकर खड़गसिंह चौंका।
तुम...!
ही... ही... ही... जी साहब! हमने ही इस अड्डे का पता लगाया है।
बातें बाद में, पहले काम करो। इस पूरे क्षेत्र को घेर लिया जाये।
फिर पुलिस दल धड़धड़ाता हुआ दुकान में घुस गया।
अरे...!
हैण्ड्स अप!
तहखाने में मौजूद लोग मुकाबला तक न कर सके। पुलिस ने सबको दबोच लिया।

खड़गसिंह ने बांके को पकड़ा था।
तेरी ही तो तलाश थी मुझे।
यह मुझे चार लाख में दस लाख दे रहा था साहब।
त... तुम... पुलिस वाले हो?
पुलिस वाला नहीं, हवलदार हूं मैं। हवालात में बंद करके सड़ा दूंगा साले।
लेकिन तुम यहां तक पहुंचे कैसे हवलदार?
यह तो अपना सीक्रेट है साहब, आपको नहीं बताऊंगा। ही... ही... ही!
सीक्रेट बताना भी नहीं चाहिए हवलदार, लेकिन तुमने बहुत बड़ा काम किया है। इंस्पेक्टर खड़गसिंह तो...
...नौटंकी ही करते रह गये। ही... ही... ही! हा... हा... हा...!
इस तरह कमिश्नर साहब के कुत्ते ने अपने हवलदार बहादुर के दिन फेर दिए।
-: समाप्त :-
आगामी आकर्षण
हवलदार बहादुर और सोने के तस्कर

पहचानिए—हवलदार बहादुर के कॉमिक्स के खलनायकों को

क्यों पाठको, पहचाना कौन है चम्पाकली की गोद में? अगर नहीं, तो हम बताते हैं। यह हैं आपके प्रिय हवलदार बहादुर। क्यों, हो गए न हैरान? कैसे हुआ यह? जानने के लिए पढ़ें 'कीप साइलेंस' का उल्लंघन करता और हास्य की सभी सीमाओं को तोड़ता हुआ विशेषांक—

हवलदार बहादुर और डा. सूपड़ा